Harry Bresslau

Actenstücke zur Geschichte Joseph August du Cros': eines abenteuernden Diplomaten aus dem Ende des 17. Jahrhunderts

Antigonos

Harry Bresslau

Actenstücke zur Geschichte Joseph August du Cros': eines abenteuernden Diplomaten aus dem Ende des 17. Jahrhunderts

Unveränderter Nachdruck der Originalausgabe von 1875.

1. Auflage 2024 | ISBN: 978-3-38698-835-3

Antigonos Verlag ist ein Imprint der Outlook Verlagsgesellschaft mbH.

Verlag: Outlook Verlag GmbH, Zeilweg 44, 60439 Frankfurt, Deutschland
Vertretungsberechtigt: E. Roepke, Zeilweg 44, 60439 Frankfurt, Deutschland
Druck: Libri Plureos GmbH, Friedensallee 273, 22763 Hamburg, Deutschland

ACTENSTÜCKE

zur

Geschichte Joseph August du Cros',

eines abenteuernden Diplomaten aus dem Ende des 17. Jahrhunderts.

Herausgegeben

von

Harry Bresslau.

BERLIN.

Weidmannsche Buchhandlung.

1875.

Actenstücke

zur Geschichte Joseph August du Cros', eines abenteuernden Diplomaten aus dem Ende des 17. Jahrhunderts.

Als ich vor etwa 8 Jahren in J. G. Droysens historischer Gesellschaft eine kritische Untersuchung über die Memoiren Sir William Temple's bearbeitete, bin ich zuerst auf die merkwürdige Persönlichkeit aufmerksam geworden, mit der sich die nachfolgenden Blätter beschäftigen, und deren literarischer Conflict mit dem berühmten englischen Diplomaten das Interesse der Zeitgenossen in hohem Masse gefesselt zu haben scheint. Was aus gedruckten Quellen über sie zu erfahren war, war ausserordentlich dürftig; erst als ich meine Nachforschungen auch auf das handschriftlich erhaltene Material ausdehnte, und aus der Bibliothek zu Hannover, den Archiven zu Wolfenbüttel und Berlin und dem State-Paper-Office zu London eine ungeahnte Fülle von Nachrichten mir zuströmte, konnte ich daran denken, eine Biographie dieses Mannes vorzubereiten, der als ein Typus jener diplomatischen Aventuriers gelten kann, welche in den letzten Jahrzehnden des 17. und den ersten des 18. Jahrhunderts an den europäischen, vorzugsweise aber den kleinen deutschen Höfen eine so eigenthümliche Rolle gespielt haben.

Was ich in den nachfolgenden Blättern zu geben beabsichtige, ist noch nicht diese Biographie; ehe ich zu ihrer Ausarbeitung schreiten kann, werden noch die Archive von Kopenhagen und Hannover, vielleicht auch die von Schwerin und München zu benutzen sein. Für jetzt wünsche ich nur eine sich darbietende günstige Gelegenheit zu benutzen, um eine Auswahl aus den von mir gesammelten Documenten mitzutheilen, die auch für sich, wie ich hoffe, für Forscher, die sich mit der Geschichte der Diplomatie im Zeitalter Ludwig XIV. beschäftigen, einiges Interesse haben wird. Ueber du Cros schicke ich nur ein paar kurze Worte voraus.

Zum ersten Male begegnet uns Joseph August du Cros, ein dem Kloster entlaufener Mönch, der wenigstens seiner eigenen Aussage nach einer vornehmen, wahrscheinlich südfranzösischen Familie entstammt, im Jahre 1671 zu Berlin, wo er — zur Zeit, als der französische Gesandte Graf de Verjus mit dem brandenburgischen

Hofe verhandelte, und wahrscheinlich in dessen Gefolge — erschien und sich anbot „Seiner Kurf. Durchlaucht historiam zu schreiben".[1] Er stand dann nach
einander in englischen, holstein-gottorpischen, dänischen, markgräflich baireuthischen, wieder in holstein-gottorpischen, endlich in braunschweig-wolfenbüttelschen
Diensten, und war ausserdem, so viel ich bis jetzt nachweisen kann, vorübergehend in französischem, brandenburg-preussischem, hannoverschem und mecklenburg-schwerinschem Auftrage und Solde diplomatisch thätig. Früh, wahrscheinlich
in England, zum Protestantismus übergetreten, war er mindestens zweimal verheirathet, ohne aber Kinder zu hinterlassen. Er starb am 8. Februar 1728 zu
Gottorp als herzogl. braunschweig-wolfenbüttelscher Geheimrath und wurde in der
alten Domkirche zu Schleswig begraben.[2] Seine Wittwe Elisabeth, geb. v. Rotzmann, stiftete aus seinem und ihrem Nachlass durch Testament vom 2. August
1747 ein Stipendium für würdige und bedürftige Studirende der Theologie an der
Kieler Universität, das noch heute den Namen des ehemaligen Mönches und viel
umhergetriebenen französischen Diplomaten im Gedächtniss der protestantischen
Theologen Schleswig-Holstein erhält.

---

[1] Orlich, (Schwerins) Briefe aus England (Berlin 1837), S. 84.
[2] Das Datum nach einer Todesanzeige seiner Frau im Wolfenbütteler Archiv.

I.

Du Cros auf dem Congress zu Nimwegen 1678.[1]

1. Aus einer Depesche des Gesandten Sir Lionel Jenkins an den Staatssecretär Williamson. Nimwegen, 29. Juli 1678.

(State-Paper-Office zu London.)

Sir,

Here was with me yesterday M. du Cros, a Person that pretends very great accesse to His Majesty. He told me, he was come hither by H. M.'s speciall ordres to persuade the Swedish Ambassadors to imploy their offices with the French Ambassadors, that they may insist no longer upon the detayning of the Towns; That he had Orders for Sir Wm. Temple to transport himself hither along with him, but that Sir William excused himself for a very few days.

When he spoke of the affaires of the Duke of Holstein, J was forced to observe to him, he did not keep that respect, nor speak with that Reverence which was due to H. M., for he did not only deny, that the Duke of Holstein desired any more then His Majesty's amicable offices and not the execution of a guaranty, but he said, that H. M. was obliged pour sa propre reputation to see that Duke restor'd and that there was a Treaty made, as he said, between H. M. and that Duke in 1667 which if it be observed and executed on His Majesty's part, the Duke must needs come by his own.

Having never heard of such a Treaty between the King and that Duke, but onely the single Act of Guaranty which, as J take it, was not stipulated by the Duke of Holstein but by Sweden, J beseech you to favour me with the little light you shall judge necessary for me in that point.

M. Canon was with me yesterday, and is in the greatest paine imaginable, for that this du Cros and others do give out, upon what ground he nor J know

---

[1] Die beiden nachfolgenden Depeschen sind schon gedruckt bei W. Wynne, Life of Sir Lionel Jenkins, II, 412 ff, die zweite auch in den verschiedenen Ausgaben von Temples Briefen; indessen da diese Texte gerade in einem für du Cros wichtigen Punkte differiren, auch sonst die Drucke mehrfach ungenau sind, lasse ich hier Abschriften der Originaldepeschen folgen. Auf du Cros' Aufenthalt in Nimwegen bezieht sich auch eine später (in III) mitzutheilende Stelle aus Temples Memoiren. Vgl. Schwerins Briefe vom 29. Juli 1678 (a. a. O, S. 297) und 19. August 1678 (a. a. O, S. 303) v. Beuningens Depesche an die Generalstaaten vom 29. Juli (Actes et mémoires des négociations de Nimeguen II, 485), Danbys Brief vom 12./22. August (Danby's Lettres, London 1708, p. 256) und Ranke, Engl. Gesch. V (Werke XVIII), 225, wo aber diese Depeschen nicht benutzt sind.

not, that now the Spanish Towns are not to be detaynd, Lorraine must remaine as a Gage in the hands of France, till Sweden be restored; He begs there may be an humble representation made of this to H. M. and his Protection implor'd upon it.

They (the Swedish Ambassadors) took occasion to speak their thanks very large for the Declaration that M. du Cros had brought them of the Kings affection to their Master and of his readynesse to assist them, the Towns in Flanders being restor'd.   . J remaine allwaies
                                                                    Sir
                                                Your most faithfull humble servant
                                                            L. Jenkins.

2. Aus einer Depesche von Sir W. Temple und Sir Lionel Jenkins an den Staatssekretär Williamson. Nimwegen, 30. Juli 1678.
(State-Paper-Office zu London.)

Sir,

The next visit J received was at 9 this morning from the Danish Ambassador whose discourse was chiefly upon the occasion of my journey hither: upon the ground it may give to the Dutch of receiving otherwise this proposall from France then they might possibly have done, if J had been at the Hague, upon the Libertie M. du Cros had taken here of prôneing the Instructions he brought from H. M., the great Credit he had at our Court, which he, the Ambassador, thought very strange, considering what he past for at their Court, where he was sufficiently knowen, and thereupon he gave me a Character of the man which J will not trouble you with.

J resolved to make some mention of M. du Cros to find out what they (the Swedish Ambassadors) would say upon it, and what the true ground had been of his journey and mine hither.

J told them that J was in hopes to have found the Peace ready to be signed here, when J came: for besides the Assurances the Pensioner had given me and M. Silvercroon at the Hague, of their Exellencies having desisted from their Pretension which had difficulted the Peace, J heard that M. du Cros had sayd, upon the way hither, that he carried the Peace in his Pocket, and that he brought expresse orders to them, the Swedish Ambassadors, which they had not before.

M. Oxenstiern sayd very gravely to this, assurement nous n'avons pas agi par des ordres qui nous ont esté portéz par M. du Cros; but M. Olivecrantz, smileing, said, Monsieur, pour ce qui est de la vanité il la faut pardonner a M. du Cros puisque vous sçavez quil est Gascon. J told them hereupon, that M. du Cros had told both me and M. Silvercroon that the Declaration made by the Swedisch Ambassadors here had been grounded upon the Assurances that H. M. had given particularly to M. du Cros in England. M. Olivecrantz replyd a little warmely, M. vous me pardonnerez, cela a esté fondé sur les Assurances que le Roy m'a données devant que de partir de Londres·

Wee remaine allwaies
Sir
Your most faithfull humble servants
W. Temple.　　L. Jenkins.

II.

Du Cros als Geheimrath und Vicepräsident der Commercien in Baireuth 1686.[1])

Exceptiones Incompetentiae Fori et Satisdationis
cum eventualibus Causalibus summariis, protestationibus et petitionibus

Des

Durchlauchtigsten Fürsten und Herrn, Herrn Christian Ernstens, Marggraffens zu Brandenburg pp. In Sachen Joseph Augusti du Cros und Consorten contra Brandenburg-Culmbach.

(Im Jahre 1688 dem Kammergericht eingereicht. Abschriftlich anliegend dem Briefe des Markgrafen Christian Ernst an Kurfürst Friedrich III. von Brandenburg vom 17. April 1696. Geheimes Staatsarchiv zu Berlin).

Hochwürdigster Churfürst!

Gnädigster Herr!

Bey diesen hochlöbl. Kays. Cammergericht haben wieder den durchlauchtigsten Fürsten und Herrn, Herrn Christian Ernsten, Margraffen zu Brandenburg

---

[1]) Von den zahlreichen im Berliner Archiv beruhenden Schriftstücken aus und über du Cros' Baireuther Periode hebe ich nur das nachfolgende, und zwar darum gerade dieses heraus, weil es allein einen fortlaufenden Bericht über du Cros' Auftreten und Thätigkeit am baireuthischen Hofe enthält. Nur darf nicht ausser Acht gelassen werden, dass wir es hier mit einer einseitigen Parteischrift zu thun haben, und dass die Auffassung du Cros' selbst und anderer, wie sie aus zahlreichen leider aus Raummangel nicht mitzutheilenden Schriften erhellt, eine durchaus andere ist. — Die lediglich juristischen Ausführungen unseres Schriftstückes, soweit sie zur Erläuterung der Facta nichts beitragen, sind fortgelassen.

zu etc. tot. tit. und Dero Obern Stallmeister Christoph Friedrich von Brandstein, Joseph Augustus du Cros und dessen Hauss Frau Clara, eine gebohrne von Werin, durch Ihr ungleiches anbringen ein Mandatum C. C.[1]) ausgebracht, in welchen Höchstgedacht Sr. Hochfürstl. Durchl. und dem von Brandstein aufferleget werden wollen, dass, weil dieselbe Ihme du Cros und dessen Weib auch Ihren Erben, wegen Dero Ihren Fürstl. Hauss geleisteten treuen Diensten auch angewendeten unkosten und verführten Eyfers umb der Fürstl. Nutzen per Donationem remuneratoriam anfänglich, und zwar den 27. Martii Anno 1686 den sogenanuten Schaff Hoff zu Seebach ohnweit Bayersdorff, nachmahls aber den 14. Augusti gegen wieder abtrettung desselben, dass Guth Wiestenstein quoad usum fructum ad dies vitae cediret und einräumen lassen; Und ungeacht höchstgedacht S. Hochfürstl. Durchl. vermög der Beylaage Sub num 4.[2]) Ihme du Cros das Zeugnüss gegeben, dass sie mit dessen Conduite, womit Er uff anbefohlenen Reissen und sonsten anderweit Dero Fürstl. Interesse zu befördern gesucht, zufrieden gewessen, gantz unvermuthet, da beede Eheleuthe angefangen sich in dem Guth Wiestenstein zu stabiliren, uff angebung bosshaffter und gewissenloser Calumnianten unverschuldeter Weise und ungehörter Dinge nicht allein wieder vertrieben und ausjagen, sondern auch alle Dero Gütter, Mobilien und Kostbarkeiten, ohne unterscheid, welchem theil dieselbe zugehörten, und solches ratione innocentissimae Uxoris, wenn schon à parte Mariti einig Verbrechen gewessen were, nicht zu justificiren, höchst unbillig hinwegnehmen lassen; Da denn erwogen, dass einige Chur- und Fürsten intercediret hetten, biss dato weder bona Mariti und Uxoris, noch das praedium donatum restituiret, vielmehr aber das letzte an den von Brandtstein verkauffet, keine Verantworttung uad Supplication angesehen, Sie, die gravati, nicht gehört, und ob man sich schon Impetrantischer seithe auff einige Rechts-Belerung von Universitaten und gelehrten Leuthe, auch dass Geheime Raths Collegium selbst beruffen, jedoch alles in Statu violentae destitutionis gelassen worden sey, Gleich nach Empfahung und Verkündigung sothanen Mandati die angegebene unjustificirliche Invadur und hinwegnehmung des in Compensationem geschenkten Guths Wiestensteins wieder zu cassiren und auffzuheben, auch zugleich alle thätlicher Weiss abgenommene bona Mariti und meistens Uxoris interessatae cum fructibus et omni causa zu restituiren, cum Citatione ad docendum de paritione vel allegandum causas, quare huic Mandato parere non sint obstricti.

Nun erscheinet zwar auff sothan ergangenes Mandat und Citation, höchstgedacht Sr. Hochfürstl. Durchl. constituirter Anwaldt und übergiebt zu legitimirung seiner person Copiam Signatam des in andern Sachen Producirten Original gemeinen Gewaldts sub num. 1[2]) und thut zugleich die Unterth. anzeige, dass an-

---

[1]) Cum clausula.
[2]) Die Beilage ist nicht bei den Akten.

waldts gndster. Herr Principal den Mit-Beklagten von Brandstein, alss welchen S· Hochfürstl. Durchl. das Guth Wiestenstein wiederkäufflich überlassen und dahero ex natura Contractus Ihme solches zu evinciren gehalten seyn, allerdings vertrette; Protestiret aber hingegen in bester Form Rechtens, dass durch solche Erscheinung Anwaldts gdster. Herr Principal in die Jurisdiction dieses hochlöbl. Kays. Cammer-Gerichts, nisi quatenus et in quantum de jure teneatur, nieht consentire, zumahle da dieselbe wieder anwaldts gdsten. Herrn in hoc casu gar nicht fundiret ist; dahero dann nicht unbillich bey diesen Fall Exceptio Jncompetentiae opponiret wird.¹) Es ist aber an deme, dass der du Cros ohn einiges begehren nacher Bayreuth kommen, und, das Er Ein Königl. Dänischer Staats Rath sey, vorietzo aber bei ein und andern Chur- und Fürstl. Hoff sich bekandt zu machen suche, vorgegeben, deme auch geglaubet und dahero von Sr. Hochfürstl. Durchl. alss einen gnädigen und gutthätigen Fürsten der Access bey dero Hochfürstl. Hoff verstattet und alle gnade erwiesen worden.

Alss Er nun sich eine Zeitlang also aufgehalten und die Verfolgung der Reformirten in Frankreich continuiret, weswegen sich den Ihrer viel in die Schweitz bekandter massen salviret, von denenselben auch hernachmals an S. Hochfürstl. Durchl. zwey Deputirte, alss Brousson à La Porte Bronsart und Le Port abgeschicket und gebethen worden, Ihro Hochfürstl. Durchl. möchten geruhen theils von Ihnen in Ihr Landt und Fürstenthumb auff und in dero Schutz zu nehmen, S. Hochfürstl. Durchl. auch sich aus Christl. Erbarmen dazu gewisser massen gnädigst anerkläret und dahero dero Kammerdiener mit in die Schweitz geschicket haben, und theils Familien in das Landt bringen lassen, sich darinnen auffzuhalten, Ihre Nahrung zu suchen und Ihren Gottesdienst der Beschrenckung nach zu üben; hat bey solchen Vorgang gedachter du Cros seinen Vortheil zu suchen angefangen, da Er Sr. Hochfürstl. Durchl. praesentiret, wie durch diese vertriebene die Commercien in das Landt gebracht und dadurch grosser Nutzen geschaffet werden könte; Mit dem Erbiethen, dass wann Ihro Hochfürstl. Durchl. 3000 fl., gegen Einlieferung eines gewissen Pfandes, Ihme zustellen lassen würden, Er eine ziemliche anzahl von solchen vertriebenen Exulanten oder Reformirten, absonderlich aber gutentheils solche Leuthe, welche von guten Mitteln und Vermögen, und etliche, welche die Armen verlegen und zur Nahrung Ihnen helffen könten, denn rechtschaffene Handtwercksleuthe, welche gute und tüchtige Arbeit machen könten, alss Seidenweber und die halb Seidene Etoffes von Zeug verferttigen können, 2. Wollen Zeugmacher, 3. Huthmacher, 4. Zwirner, die den Zwirn uff Frantzöss. und Holländ. arth bereithen könten, 5. Strumpf- und Bandtmacher nebst Ihren Strümpff- und Bandtmühlen, 6. Tuchmacher, 7. Messer- und Büchsen-

---

¹) Fs folgen juristische Ausführungen zur Begründung der Einrede der Incompetenz des Kammergerichts. Dann, nach feierlicher Rechtsverwahrung, lässt der Anwalt sich auf die Sache ein.

Schmidt, 8. Kunstfärber von Seiden, Tuch und Zeug, 9. Tuchscheerer und zwar deren an der Zahl uff 200 Personen in das Landt bringen wollte; Welches Er vor andern in das Werk setzen könte, weiln er in der Schweitz sehr wohl bekandt, und alda viel vornehme Freunde hatte, die Ihme darzu behülfflich seyn würden, und wolte Er die Reisse auf seine Kosten hin- und wieder thun und der Spesen halber bey Ihro Hochhfürstl. Durchl. keine Refusion suchen; Sonsten aber die 3000 fl. zu dieser Handwerksleuthe drey Monatlicher verpfleg- und Etablirung Ihrer Manufacturen anwenden und alles also, dass die Manufacturen in gang kähmen und Ihro Hochfürstl. Durchl. Interesse und Nutzen bey auffrichtung und Exercirung derselben ohne Zeit verlierung befördert werden solte, dirigiren, auch da einer oder mehr von solchen Leuthen sich wieder davon machen solte, vor dieselbe stehen und an der ausgewicheuen Stelle andere taugliche auff seine Kosten verschaffen. Auff welche Conditiones denn dem du Cros die 3000 fl. Fränck. Wehrung verwilliget und darüber den 27. Martii Ao. 1686 ein Schriftlicher Accord auffgerichtet worden. Es hat aber eben an diesem Tage gedachter du Cros dieses arglistigen Vortheiles sich bedienet, dass anwaldts gndstem. Herrn Principaln Er den donations Brieff, welchen Impetrant seinem Supplicato pro Mandato sub num. 1, welcher auch den 27. Martii datiret, beygefüget, vorgeleget und solchen zu unterschreiben unterthänigst ersuchet hat, mit dem erbiethen, bey dem vorhabenden Werck mit denen Frantzosen es dahin zu bringen, dass Sr. Durchl. die Manufacturn grossen Nutzen haben solten; Vnd obwohln derenthalben an Seithen Sr. Hochfürstl. Durchl. darumb, weiln in solchen die Clausul enthalten gewesen, dass wegen dero hohen Hauss erwiesenen treuen Diensten auch angewendeten Unkosten und verspürten Eyfer vor dero Hochfürstl. Nutzen, der bey Bayersdorff gelegen und sogenannte Schafhof mit seinen Pertinentien und einigen absonderlichen Gerechtigkeiten Ihm geschencket worden wäre (Da Er doch dazumahlen im geringsten keine Dienste Anwaldts gdsten. Herrn Principaln und dero Hochfürstl. Hauss erwiesen noch sonsten einige unkosten Ihr zu Nutzen aufgewendet, sondern vielmehr vorhero alle Hochfürstl. gnade unverdienet genossen hat) angestanden; So ist nichts desto weniger endlich solcher Donations Brieff auff sein des du Cros inständiges ansuchen gdst. subscribiret und Er in sothanen Hoff eventualiter eingewiesen worden, weil Er sich sub fine des aufgerichteten Accords dahin mit diesen Worten reversiret: „Ich obligire Mich hiermit uff guten trau und glauben, all das jenige zu verrichten, welches in dieser Capitulation versprochen habe, auch im Fall ich in meinen Versprechen manquiren solte, verpflichte ich mich diejenigen Güter bey Bayersdorff in den Estat, in welchen Ich Sie empfangen wieder herzugeben." Darbey es denn damahls sein bewenden gehabt, und ist Er du Cros darauff in die Schweitz gereisset und hat nachgehends bey 140 Personen von daraus mit in anwaldts gdsten. Herrn Principalus Land und Fürstenthumb gebracht, und da Er zu Bayreuth angelanget, davon viel rühmens, was es vor Leuthe weren und noch ferner kommen würden, gemachet, darüber Er denn auch eine weitläufftige Specification verferttiget und übergeben, was vor Personen albereit ankommen, welche theils noch auff den Weg, theils aber noch auff der Meess zu Zürzach waren und nach und nach ankommen würden; worunter einige seyn solten, welche auff die Viermahlhunderttausendt Franken in Vermögen und in Hollandt und Levante, Ja in die vornehmste Orther und Handelstätte Europae Ihre Handlung hetten und haben würden, auch bey Ihrer Handlung über 1000 Personen brauchen und denen vor dissmahl mitgebrachten armen Handtwercks-leuthen zu Ihrer Nahrung helffen und dadurch die Commercien desto eher be-fördert werden könten; Massen dann in einen halben Jahr die Handlung in ein solchen Standt seyn würde, dass S. Hochfürstl. Durchl. grosse Avantage und Ver-gnügen darob haben solten. Welchem Vorgeben denn Anwaldts gn. Herr Principal umb so mehr geglaubet, weiln der du Cros und dessen Eheweib von den würk-lichen erfolg und künfftigen Nutzen grosse Contestationes gethan, dahero auch, alss gedachter du Cros an die Hand gegeben, dass weiln zu Erlang und Bayers-dorff die ankömlinge anfangs nicht würden subsistiren und die Manufacturen an-fangen können, den Seebach oder Schaffhoff, den er gerne abtretten wolte, dazu herzugeben, hingegen solte Ibro Hochfürstl. Durchl. das adeliche Guth Wiesten-stein usu fructuarie ad dies vitae Ihme und seinem Weibe überlassen; weiln Er nicht allein dasjenige, was Er versprochen, praestiret hette, sondern auch noch bey diesen angefangenen Werk durch sein versprochene Direction praestiren und hierdurch solchen nutzen anwaldts gndst. Herrn Principaln und dero Hochfürstl. Nachkommen schaffen wolte, der nicht gering, sondern sehr gross sein solte; darauff denn auch anwaldts gndst. Fürst, weiln Sie alle demjeni-gen, was du Cros sowohln schrifft- als mündlich abgegeben, glauben bei-gemessen, und dass alles theils zum Effect kommen sey, theils aber desshalben beschehener sichern Vertröstung nach, gewiss dazu gelangen würde, sich allerdings versehen, denjenigen Donations Brieff quoad usum fructum temporalem, wie der-selbe seinem Supplicato, sub num. 2 beygefüget ist, ausferttigen und solches Guth Ihme würcklich, zumahle da Er vorgegeben, dass er den Seebach oder Schafhoff, Zeit seiner Innhabung, über 800 Thlr. melioriret habe, nicht nur einräumen lassen, sondern auch da Er andern Tags hernach seine Verrichtung, die Er in diesen Werck allbereit gethan und hierdurch der auffgerichteten Capitulation von 17. Martii 1686 ein genügen geleistet hatte, abermahls hoch herauss gestrichen, auch wann noch etwas ratione der Direction und sonsten abgehen solte, solches künfftig zu praestiren, sich anerklähret und gebetten, Ihm immittelst, dass Er der Capitu-lation nach praestanda praestiret hette, und Anwaldts gndst. Herr Principal mit seinen Verrichtungen allerdings zufrieden sey, gnädigst zu attestiren und also Ihn von der Obligation frey zu sprechen, dergleichen Attestat ertheilet, weiln S. Hochfürstl. Durchl., dass sichs anderst mit der Sache, alss der du Cros angegeben, befinden und Er hierinnen falliren solte, sich durchaus nicht eingebildet, sondern vielmehr gäntzlich dafür gehalten, es würde all dasjenige, was er versprochen und sich darzu obligiret gehabt, theils schon vollzogen seyn, theils aber noch vollzogen werden.

Allein hat sich nachgehends ein gantz anderes und dieses erwiesen, dass demjenigen, worzu du Cros sich obligiret gehabt, in keinem punct einige Satisfaction gethan, sondern anwaldts gndstr. Herr Principal von Ihn allerdings hintergangen und dadurch ein und anders Donatio und Decret, darauff Er sich in seinem Supplicato bezogen, ex falsa causa erhalten worden sey; Denn indeme Er anfänglich versprochen, wie Er solche Leuthe in der Schweitz aussuchen und von darauss bringen wolte, die zu Etablirung gewisser Manufacturen nöthig, auch guten Vermögens und zum Vorschuss capabler weren, auch darunter vornehmlich Kauff- und Handelsleuthe seyn solten; So hat er hierinnen das wenigste praestiret. Denn was die Kauff- und Handelsleuthe betrifft, so hat er zwar deren etliche wenige, die sich eingefunden, angegeben, eine ziemliche anzahl aber in seiner Anwaldts gn. Herrn Principale übergebenen Specification benennet und angesetzet, die theils noch auff den Weg weren, theils aber nach der Zurzacher Mess ankommen würden und nur theils derselben 400,000 Franken in Vermögen hatten und 1000 Personen bey Ihrer Handlung brauchten; Indeme Sie in Holland, Levante und denen vornehmsten Oerthern Europae Handlung hatten;

Wordurch Er vornehmlich anwaldts gdsten. Herrn Principale zur Donation und andern Sub- et obreptitie verleithet; Allein hat sich in Effectu das contrarium ergeben, weiln dergleichen Kauff- und Handelsleuthe sich gar nicht eingefunden, noch Ihren auffenthalt zu führung Ihrer Handlung bey Anwaldts gdsten. Herrn Principaln anmelden lassen; So sind auch von denjenigen Kauf Leuthen, die da ankommen seyn vnd von geringen mitteln gewesen, nicht geblieben, sondern haben sich anderst wohin gewendet, an deren statt Er doch andere, seinen Versprechen nach schaffen sollen, dass Er also auch in diesen Stück dem, was Er versprochen, nicht nachkommen. Was ferner die Handtwerks Leuthe betrifft, So hat Er zwar einige von denenselben gebracht, welche blut arme Leuthe gewesen, denen Er die Vertröstung geben, es würden vornehme Kauffleuthe kommen, von welchen Sie den Verlag zu gewartten hetten, Ihre Handtwerke zu treiben, weiln aber dieselben nicht kommen, noch Ihnen etwas von denen 3000 fl. die dazu deputirt gewesen, zu Ihrer Handlung und 3 monatlicher Sustentation gegeben. sondern das geldt im Beutel behalten worden, hat Er theils solcher mit gebrachten armen Leuthe, nur dass Sie nicht wieder davon ziehen und schwürig werden mögten, zu seinen Haus Verrichtungen und Feldt Arbeit gebrauchet, die aber von Ihm einiges Geld empfangen, dahin getrieben, Ihme einige Wahren dafür zu geben oder einige Sachen zu verferttigen; Auch da sothane arme Leuthe erfahren, dass Anwaldts gdstr. Herr Principal dem du Cros zu Ihrer Sustentation und auffrichtung der Fabriquen geldt auszahlen lassen, es unter Sie zu vertheilen, und Sie sich bey demselben umb einige geldthülffe angemeldet, Er Sie derenthalben übel gehalten und theils von Ihnen mit harten Schlägen tractiret, theilss mit blossen Degen, nebst Bedrohung, Sie umb zu bringen, verfolget und da Sie Hülff bey Anwaldts gdsten. Herrn Principaln suchen wollen, Selbige mit Gewalt und Betrohung schwerer Gefängnüss und hartter Straffe davon abgehalten; Nichts desto weniger hernachmals wieder gute Worte gegeben und die Schuldt, dass Sie nichts bekommen hetten, Anwaldts gdsten. Herrn Principaln und dero Räthen beygemessen, sonsten aber, ungeacht Anwaldts gdster. Herr Principal Ihn zu dero Geheimbten Rath und Vice Präsidenten über die Commercien gnädigst bestellet, und der gäntzlichen Hoffnung gelebet, es würde, wie in den auffgerichteten Accord versprochen worden, alles in guten Stand von Ihm gebracht werden, hierzu die wenigste anstalt gemachet, sondern vielmehr, da er sich befürchtet, es würde von anwaldts gdsten. Herrn Principaln, dass Er denen armen Leuthen von den 3000 fl. den auffgerichteten Accord nach weder zu Ihrer Sustentation noch auffrichtung der Fabriquen geholffen und dass, was Er von Ankunfft so vornehmer und reicher Kauffleuthe vorgebracht, wie solche sich einfinden und starke Handlung treiben würden, lauter Falschheit und Betrug gewesen sey, die vorenthaltene 3000 fl. wie auch das Guth Wiestenstein repetiret werden, dieser Lüste sich gebrauchet, unter Anwaldts gdsten. Herrn Principaln und denen angekommenen Reformirten eine jalusie zuerwecken, zu welchen Ende Er Ihnen ein und anders zu begehren und darbey beständig zu verharren, Sonsten aber sich der Fürstl. Regierung und Consistorio nicht zu unterwerffen, und da dasjenige, was sie begehrten und verlangen würden nicht verwilliget würde, nicht zu verbleiben, sondern sich anderst wohin zu wenden gerathen, wie Er Sie dann nach Hannover führen wolte, bey welchen Hertzog Sie besser accommodiret werden solten. Unterdessen weiln Er, wie eben schon gedacht, selbst gesehen, dass Er wegen seines übeln bezeugens und schlecht geführten Directorii nicht würde subsistiren können, hat Er auff seine ex falsa causa erlangte Donations Briefe einige gelder auffzunehmen und einem andern sein Jus zu cediren gesuchet und seine Geheimbte Raths und Vice Präsidenten Stelle über die Commercien von selbsten auffgegeben und dahero Anwaldts gdst. Herrn Principaln das derenthalben Ihm gnädigst ertheilte Hochfürstl. Decret zurückgeschicket und eo ipso auch in diesen punct der Capitulation, worinnen Er versprochen das Directorium bey diesen Werck also zu führen, dass solches in etlichen Wochen völlig zu Standt und Gang gebracht werden solte, zuwieder gehandelt. Weiln nun die Flüchtigen wahrgenommen, dass der Impetrant fälschlich mit Ihnen umbgangen und dahero viel Beschwerung des übeln tractaments halber und dass Er Ihnen von den 3000 fl. welche Anwaldts gdster. Herr Principal Ihnen zur 3 monathlichen Sustentation und Etablirung der Manufacturen zugestellet, nichts gegeben, auch noch darzu sich veroffenbahret, dass dasjenige Geldt, welches theils von Ihnen auff der Reisse in das Land. von guthertzigen Personen, alss ein almossen erlanget worden, der du Cros von Ihnen genommen und behalten und dadurch verursachet hatte, dass auff der Reise bey 12 Personen von guten Handtwercksleuthen davon gegangen und nicht in das Land kommen weren, Er auch bisshero die Manufacturen mehr gehindert alss befördert hette;

Ueber diss die Reformirten Cantous aus Schweitz durch eine gewisse Person Anwaldts gdsten. Herrn Principalns Ober Praesidenten und Geheimbten Rath Herrn Graf von Ronow ein Schreiben abgehen und darinnen melden lassen, wie der du Cros, ob man schon anfänglich dafür gehalten, Er were der Reformirten Religion zugethan (wie Er den vorgegeben, Er hette sich in Engelland darzu bekennet) man doch nachricht hette, dass Er die Röm. Catholische Religion bekenne, sonsten aber ein rechter Atheist sey, der mit dem bekandten Spinosa, welcher den Atheismum mit vielen argumenten behaubtet hatte, wie auch einen Juden der dergleichen gethan in guter Freundschafft gestanden, dass auch dem du Cros gar nicht zu trauen, indeme Er in unterschiedlichen König-, Chur- und Fürstl. Höffen des Königs in Frankreich Interesse auffs beste gesuchet und beobachtet und sonder zweiffel noch von denselben pension hatte; dergleichen auch Sr. Churfürstl. Durchl. von Brandenburg in einen an Anwaldts gdsten. Herrn Principaln unterm dato den 27. Aug. Anno 1686 abgelassenen Schreiben und darbey dieses gemeldet, wie Sie sichere Nachricht erhalten, dass der du Cros noch einiges Attachement an Franckreich habe und unter der Hand viel zum praejudiz ein und das andere vornehmen und ausrichten werde, mit vorwarnen, auff dessen Conduite umb so mehr achtung zu geben und deshalben gehörige praecautiones vorzunehmen; Alss sind anwaldts gdst. Herr Principal verursachet worden, Dero Ober Praesidenten und Geheimbten Rath, Herrn Grafen von Ronow und Dero Ober-Hoffmeister Herrn Grossen von Trockau nach Erlang zu schicken, ein und anders zu untersuchen und dem du Cros anzufügen, dass weil Er gleich wohl, wie sich in Effectu finden wolte, der Capitulation nicht nachgelebet, indeme die angegebene Kauffleuthe von grossen Mitteln sich nicht eingefunden, von denen Handtwercksleuthen, welche der Capitulation nach verlanget worden, die wenigsten, sondern an statt derselben Balbirer, Peruquenmacher und Bauern mitgebracht hätte, die anietzo mehr ungelegenheit alss Nutzen brächten und dadurch verursachet, dass die besten Handtwercksleuthe wieder davon gangen, zumahln da Er Sie übel tractiret, von den 3000 fl. welche Er von Anwaldts gdsten. Herrn Principaln erlanget, Ihnen zum 3 Monathlichen Unterhalt und Etablirung Ihrer Manufacturen nichts gegeben, die übernommene Direction schlecht geführt und sich derselben gäntzlich entzogen, und alles durch seine Conduite in eine Disordre, auch damit Sr. Hochfürstl. Durchl. in grossen Schaden gesetzt hette; Sonsten auch von der Schweitz und

Ihro Churfürstl. Durchl. von Brandenburg seinetwegen Schreiben eingelauffen, welche von grossen nachdenken weren, Er sich derenthalben selbst briefen und nach Befindung zu seiner Sicherheit retiriren solte, welches auch Sr. Hochfürstl. Durchl. nicht ungerne sehen mögten, weswegen denn beede abgeordnete nacher Erlang gereiset, und da Sie dahin kommen alles in der höchsten unordnung und bey beschehener Untersuchung so viel befunden, dass der du Cros daran schuld trage und dasjenige, was Er zu praestiren versprochen, nicht praestiret, sondern Anwaldts gdsten. Herrn Principaln mit falschen Vorstellungen hintergangen habe; Dahero denn Sie Ihm solches vorgehalten und zugleich was vor Nachdenckliche Schreiben so wohln auss der Schweitz, alss von Ihro Churfürstl. Durchl. zu Brandenburg eingelauffen, entdecket, und darneben zu erkennen geben, wie er sich derenthalben zu priefen und nach befindung dahin zu sehen hette, dass Er sich zu seiner eigenen Sicherheit retirire. Welcher denn hierauff es selbsten beliebet seine Sachen von Frauenaurach abführen lassen und aus dem Landt sich begeben, Seine Frau aber, welche damals unpässlich sich befunden, zu Wiestenstein gelassen, die nach erlangter Gesundtheit zwar wieder nacher Bayreuth kommen und sich bey dem Hochfürstl. Hoff auffgehalten, bald aber davon weggewendet hat und Ihren Mann nachgezogen ist; Weiln nun das Guth Wiestenstein also ledig gestanden und von dem du Cros Zeit seines Innhabens an Feldtbau und andern nichts bestellet, das Zugviehe verderbet und alles ohne anstalt wegen des Hausswesens hinterlassen worden; haben Anwaldts gdster. Herrn Principal solches wieder völlig in Besitz nehmen, auch weiln Sie von dem du Cros per falsas persuasiones, Contestationes, Oblationes et Obligationes ad Donationem und zuertheilung des von Ihm allegirten Freysprechungs Schein gebracht worden und dahero die Donatio und alles andere wieder gefallen, dem von Brandstein nach einen getroffenen Wiederkauff einräumen lassen.[1]

---

[1] Folgen lediglich juristische Ausführungen.

III.
Du Cros' Streit mit Temple 1692.[1])

1. Du Cros an Leibnitz, Hamburg 14./24. Mai 1692.
(Bibliothek zu Hannover.[2])

Hambourg, 14./24. Mai 1692.

Monsieur!

Je ne doute pas que vous n'ayez déjà vu les mémoires de Mr. Temple imprimés cette année à la Haye où il prétend faire connaître ce qui c'est passé dans la chrétienté depuis 1672 jusqu'à la paix conclue en 1679. Vous, M., qui êtes homme de discernement, vous jugerez s'il a satisfait aux espérances que donne le titre de son livre.

A la page 382 de l'édition de la Haye il me traite en la manière que vous pourrez lire dans les mémoires et dans la lettre que j'ai écrite à M. le Comte de Devonshire sur ce sujet. Je vas[3]) travailler à une plus ample réponse que je ferai imprimer tout aussitot, et je donnerai aussi au public des remarques sur les mémoires de Mr. Temple, qui feront un volume aussi gros que son livre, et que tout ce qu'il y a eu de ministres employés dans les affaires publiques trouveront tres assurément écrites avec plus de fondement que ne le sont ces mémoires.

En attendant ces remarques et une plus ample réponse j'ai voulu vous envoyer, M., la copie de cette lettre à Mylord Devonshire laquelle je ferai aussi imprimer. Elle pourra servir cependant à faire juger combien le procédé de Mons. Temple est plein de malice. Il est mon ennemi depuis longtemps pour les raisons que vous verrez dans cette lettre et pour d'autres considérations. L'estime que je fais, Monsieur, de vos bonnes graces, fait que je serais très fâché, si vous conceviez de méchantes impressions contre moi sur le rapport de Mr. Temple. J'ai cru que si cette lettre n'est point suffisante pour prévenir la mauvaise opinion que Mr. Temple voudrait bien donner de moi, elle servira au moins à suspendre le jugement des gens qui ne croient pas si légèrement.

En cas, Monsieur, que vous ayez occasion de parler des Mémoires de Mr. Temple, de cette lettre que je vous envoie, et de la réponse que je prépare encore

---

[1]) Vgl. im allgemeinen Courtenay, Memoirs of the life etc. of Sir William Temple, London 1836, II, 6 ff; 195 ff.

[2]) Die nachstehenden Briefe sind die einzigen bekannten, welche in der fraglichen Angelegenheit von du Cros selbst ausgegangen sind. In ihnen wie in allen übrigen französischen Schriftstücken habe ich die moderne Orthographie hergestellt, da die Schreibweise du Cros' und seiner Copisten äusserst inconsequent ist, und es keinen Zweck irgend welcher Art haben kann, alle kleinen Ungleichheiten derselben mit diplomatischer Genauigkeit wiederzugeben.

[3]) sic; lies vais.

à S. A. S. Mme. la duchesse, je vous supplie, Monsieur, de contribuer vos bons offices a empêscher, que S. A. S. ne se laisse point prévenir. Il n'y a rien qui me soit plus cher dans le monde que l'honneur de son estime et de sa protection. Je suis très sincèrement

Monsieur

votre très humble et très obéissant serviteur

du Cros.

Si vous aviez, Monsieur, quelque chose a m'ordonner, vous pourriez s'il vous plaît adresser vos lettres à Mr. Verdunik maître de poste et commissaire de S. S. E. de Brandebourg   à Hambourg.

2. Du Cros an Leibniz. Cleve 7./17. Juni 1692.

(Bibliothek zu Hannover.)

Cleve, 7./17. Juin 1692.

Monsieur!

C'est une grande consolation pour moi d'avoir lu dans la lettre que vous m'avez fait l'honneur de m'écrire du 27./17. de Mai, que S. A. S. Madame la duchesse ne s'est point laissé prévenir contre moi par les impressions que Mr. Temple tâche de donner de moi dans ses mémoires. Comme j'ai toujours eu un plus profond respect pour S. A. S. que pour aucune autre princesse et qu'il n'y en a point qui mérite d'être si particulièrement honorée, vous pouvez bien juger, Monsieur, que je fais plus de cas aussi de l'honneur de sa protection et de son estime que de celle de qui que ce soit. Je me consolerai même fort aisément du jugement que pourront faire de moi tout ce qu'il y a de gens dans le monde, pourvu que j'aie l'avantage d'avoir l'approbation et les bonnes grâces de S. A. S. Si vous en aurez l'occasion, Monsieur, assurez, s'il vous plaît, S. A. S. de mes très humbles respects et de mon obéissance. On attend un courrier ce soir qui nous apportera apparemment des nouvelles.

La poste va partir et je n'ai rien à vous mander que des nouvelles publiques dont vous êtes sans doute très bien informé. Je suis très sincèrement

Monsieur

votre très humble et très obéissant serviteur

du Cros.

3. Du Cros an Lord Devonshire 1692.

(Bibliothek zu Wolfenbüttel, collectio actorum publ. 363 Nov. Nr. 71.[1])

---

[1]) Dieser Brief, von dem ich eine Abschrift der Güte des H. Dr. Hans Droysen verdanke, ist sicher derjenige, welcher von du Cros, wie an Leibnitz, so nach den Mittheilungen Stepneys an alle übrigen Höfe, wo er Verbindungen hatte, verschickt wurde. Er ist in dieser Gestalt bisher nicht veröffentlicht: die gedruckte Broschüre, von der die Kgl. Bibliothek zu Berlin zwei Ausgaben (eine von 1692

Lettre de Mons. du Cros a Mylord Devonshire
au sujet des mémoires du Chevalier Temple
où il prétend être maltraité à la page 382 et ss.[1]

Mylord!

Mons. Temple a fait imprimer des mémoires, où sur le sujet de mon voyage a Nimegue pour la conclusion de la paix, il affecte de me traiter aussi mal qu'on pourrait traiter le dernier de tous les hommes.

Ces mémoires sont traduits de l'anglais en français. Dans l'édition de la Haye de cette année 1692 à la page 382 et dans les suivantes il répand son venin sur moi d'une manière qui sent un homme offensé jusques au vif.

Il me traite premièrement du nommé du Cros et dit que j'ai été moine et une espèce d'agent de Suède. Je n'ai été pourtant jamais au service de cette

---

mit dem Titel Lettre de Mons. du Cros à Milord D . . . . etc. und eine von 1693 mit dem Titel Lettre de Monsieur du Cros à Milord . . . . . etc.) besitzt, und die dann auch ins Englische übertragen und von mehreren Seiten beantwortet ist (vgl. Courtenay, a. a. O.), unterscheidet sich von ihm in vielfacher Beziehung, so dass eine Mittheilung um so gerathener erschien, als auch die gedruckte Broschüre äusserst selten ist. Wie ich mich selbst überzeugt habe, ist das Wolfenbütteler Manuscript nicht von du Cros' Hand, sondern von der eines Copisten, und es lag also hier noch weniger Grund vor, die orthographischen Absonderlichkeiten desselben festzuhalten.

[1]) Die betreffende Stelle lautet nach der Ausgabe der Memoiren, à la Haye, Moetjens, 1692, p. 382 ff. folgendermassen: Il arriva pour lors d'Angleterre un nommé du Cros: c'était un moine français qui depuis quelque temps avait quitté son froc pour une jupe, et s'était si bien insinué dans la Cour de Suède, qu'il en avait obtenu une commission pour être une espéce d'agent en Angleterre. Dès qu'il avait été à Londres, il s'était entièrement dévoué à M. Barillon, Ambassadeur de France, sous prétexte d'agir pour les intérêts de la Suède. J'avais dépêché un secrétaire en Angleterre pour y porter le traité conclu avec les Etats, et environ huit jours après ce du Cros m'apporta un paquet de la Cour, par lequel je reçus ordre de me rendre incessamment à Nimegue, afin d'y faire tous les efforts qu'il me serait possible au nom du Roi, pour porter les Ambassadeurs de Suède à déclarer à ceux de France, qu'ils consentiraient non seulement que leur Maître fît évacuer les villes de Flandres, mais même qu'ils le prieraient, que pour le bien général de la Chrétienté il ne différât pas plus long-temps la paix, sans avoir égard à l'intérêt particulier de la Couronne de Suède. Je reçus ordre aussi d'assurer en même temps ces Ambassadeurs, que dés que la Paix ferait faite, le Roi ferait tous ses efforts pour faire rendre aux Suédois tout ce qu'ils avaient perdu par cette guerre.

Jamais homme n'a peut-être été si surpris que je e le fus de cette nouvelle; mais le Pensionnaire Fagel en fut tout étourdi: il me vint trouver, et me dit tout le contenu de mes dépêches avant que j'en eusse parlé à personne. Il m'apprit de plus que du Cros en avait adroitement informé tous les Députés de Villes, qu'il leur avait dit, que les deux rois étaient entièrement couvenus des conditions de la paix; qu'il m'avait apporté des ordres pour me rendre à Nimegue; et que je devais y trouver à mon arrivée des lettres de Mylord Sunderland, Ambassadeur d'Angleterre à Paris, avec tous les articles conclus entre les deux Couronnes.

Je ne prétends pas déterminer par qui, et comment du Cros avait obtenu cette dépêche; mais à mon retour en Angleterre le Duc me dit, qu'il n'en avait rien su qu'après qu'il avait été parti, ayant été à la chasse toute cette matinée. Mylord Trésorier me dit tout ce qu'on peut dire pour s'en excuser, et je n'en parlai jamais au Secrétaire d'Etat Williamson; mais le Roi me dit plaisamment, que ce coquin de du Cros avait été plus fin qu'eux tous. Tout ce que je pus apprendre en Cour sur cette affaire, fut que ces ordres avaient été expédiés un matin dans une heure de temps dans l'appartement de la Duchesse de Portsmouth par l'intervention de M. Barillon. Quelques efforts que notre Cour fît ensuite pour réparer ce coup, elle n'y put jamais réussir, et ce seul incident changea entièrement la destinée de la Chrétienté, à quoi il y avait si peu d'apparence, que même avant l'arrivée de du Cros les Ambassadeurs de Suède à Nimegue avaient fait une semblable déclaration à ceux de France, et leur avaient dit que je devais partir de la Haye pour les y porter.

couronne, et si j'ai été moine, j'ai cela de commun avec un très grand nombre de gens de mérite et de qualité, avec des Princes et avec des Rois et même avec des Princesses, de qui j'ai vu autrefois que la postérité etait en grande vénération à Mons. Temple.

Il ajoute que le feu Roi lui avait dit, mais plaisamment dit-il, parlant de Mons. le Duc de York depuis Roi d'Angleterre, de Mons. le Comte de Danby, alors grand trésorier du Royaume et premier ministre et aujourd'hui Marquis de Kamarthen et président du conseil, de Mons. le chevalier Williamson, secrétaire d'Etat (et le Roi pouvait parler aussi de lui même puisque j'avais traité avec le Roi particulièrement de cette affaire, et de mon voyage): ce coquin de du Cros a été plus fin qu'eux tous.

Cependant, Milord, vous vous souviendrez sans doute, qu'après mon retour de Nimegue je fus encore plus d'un an en Angleterre, où le Roi eut la bonté de me donner beaucoup de marques de son estime; et que peu de jours après ce voyage, Milord trésorier m'ayant envoyé chercher par Mons. le Chevalier Godrik j'eus l'honneur de dîner avec vous chez ce premier Ministre, en compagnie du feu Duc de Monmouth et de plusieurs seigneurs du Parlement et qu'il me traita avec une civilité extraordinaire.

Les gens qui examineront ce dernier passage, où Mons. Temple parle de moi avec tant d'impudence comprendront aisément, que j'avais fait autre chose que d'avoir porté une dépêche à la Haye; que le Roi se moquait de Mons. Temple qui voulait apprendre de la bouche du Roi une vérité que le Roi cachait avec soin. Et qu'elle apparence qu'un si grand monarque ait voulu avouer de bonne foi qu'un moine et une espèce d'agent en savait plus que lui, que le Duc d'Yorc, que ses Ambassadeurs et que tous ses Ministres? cela serait trop glorieux pour moi, Milord, et à cette condition je pardonnerais de bon coeur à Mons. Temple une injure qui tournerait si fort ma gloire.

On verra sans doute fort clairement à travers les impostures de Mons. Temple, que j'ai entrepris et fait en Angleterre une négotiation importante, pour la restitution de la Suède et du Duc de Gottorp mon Maître, que j'ai réussi, et sil en faut croire Mons. Temple lui même, que j'ai renversé toutes les mesures des conférences à Londres, à Haye et à Nimegue. Il me fait trop d'honneur; je n'ai pas la présomption de croire que j'aie été si habile, mais je sais bien que le chagrin de Mons. Temple contre moi vient en partie de ce qu'on prit en Angleterre une résolution si contraire à ce qu'il traitait en Hollande. Je ferai imprimer la convention que je fis avec le Roi pour ce sujet.[1])

Mons. Temple est mal informé, lorsqu'il impute cette résolution aux artifices de la France; elle ne fut ni ménagée ni prise ni expédiée chez la Duchesse de

---

[1]) Ein solcher Druck ist mir nicht bekannt und wahrscheinlich nicht erfolgt.

Portsmouth; Mons. Barillon n'y eut point de part que sur le point que l'affaire allait être conclue; le Marquis de Ruvigny le fils partit pour en aller apporter les premières nouvelles au Roi son Maître le même jour, que je partis pour Nimegue.

Je ne veux pas oublier, Milord, de vous dire ici un autre sujet du chagrin de Mons. Temple contre moi; il se fit un traité à Windsor entre l'Angleterre et l'Espagne sans autre dessein de côté d'Angleterre que d'abuser le Parlement, et du côté des Espagnols de donner plus de réputation à leurs affaires, mais le plus grand avantage fut pour les Espagnols qui dans cette occasion en firent accroire à Mons. Temple que le Roi employait et le prirent pour dupe. Je tournai ce traité en ridicule; j'y fis des remarques qui furent imprimées en Hollande [1]) et l'on jugea qu'elles avaient beaucoup de fondement. Après cela et après l'affaire de Nimegue je ne devais point attendre de Mons. Temple des éloges; mais il pouvait parler et écrire en plus honnête homme.

J'ai un fort grand prétexte, Milord, de publier la part que vous savez que j'eus dans le secret de toutes ces affaires et dans la plus importante négotiation de l'Europe de ce temps-là, pendant qu'on faisait jouer à Mons. Temple à la Haye un personnage honteux: marque indubitable du peu d'estime que le Roi avait pour lui et du peu de confiance que sa Majesté croyait de pouvoir prendre en sa personne.

J'en sais les raisons autant et peut-être mieux que qui que ce soit après un seul Ministre que vous connaissez bien, et j'ai de quoi perdre de réputation Mons. Temple tant pour des actions, où sa conduite dans l'exécution des ordres qu'il reçut par moi approchait extrèmement de la perfidie, que pour des Berenes [2]) qu'il fit alors à la Haye et à Nimegue qu'on ne pouvait pardonner même à une espèce d'agent comme il m'appelle très malicieusement.

Il me connaissait pourtant fort bien, savait que j'étais Envoyé extraordinaire d'un grand Prince reconnu et reçu pour tel par le Roi son Maître, longtemps avant que Mons. Barillon passât en Angleterre en qualité d'Ambassadeur; et il ne peut pas avoir oublié qu'il m'était venu voir chez moi à Londres pour communiquer avec moi, par ordre de la cour, sur un sujet très important, qui avait obligé Mons. Olivencrantz de passer de Nimegue en Angleterre. Cet Ambassadeur de Suède logeait alors dans ma maison.

Cela fait encore pitié qu'un homme qui s'estime le plus éclairé, le plus habile, le plus sage politique de son temps (et qui à répandu dans ses ouvrages une infinité de traits de cette sotte opinion qu'il a de lui même, tout Anglais qu'il est et tout Ambassadeur d'Angleterre qu'il était), tout le conseil du Roi son Maître aussi bien que du Prince d'Orange, si on l'en veut croire; — il est ridicule, dis-je, qu'il s'érige en confident de son Roi et en homme à qui il n'a tenu

---

[1]) Ein Exemplar dieser Broschüre habe ich bis jetzt nicht gefunden.
[2]) So in der Abschrift ohne Sinn. Im Gegensatz zu action erwartet man etwa „discours".

qu' à lui d'être secrétaire d'état, et que cependant il ait été, je ne dis pa dans son absence et lorsqu'il était à la Haye et à Nimegue, mais même depuis son retour à la cour, si peu instruit de tout ce qui s'y était passé.

Je n'ai point eu comme lui la vanité de publier des mémoires pendant ma vie ; mais j'y vais travailler, et je ferai voir combien grossièrement Mons. Temple se trompe dans la plupart des choses qu'il écrit de toutes ces négotiations d'Angleterre, et particulièrement de celle qui regarde mon voyage à Nimegue qui selon lui changea entièrement la destinée de la Chrétienté.

Je publierais même au premier jour des remarques fort justes sur ces impertinences qu'l à mises au jour, si je n'étais encore retenu par le respect que je dois à la mémoire du feu Roi, trop interessé en beaucoup de choses, qui se peuvent dire à la honte de Mons. Temple, et d'ailleurs j'ai une fort grande considération pour Milord . . . . .; ce serait assurément avec une douleur extrème que je me verrais obligé dans ces conjonctures de parler, d'écrire et de publier ce que j'aurais écrit.

Au reste, Milord, je n'ai rien oublié de tout ce que feu Milord d'Arlington m'a dit autrefois de Mons. Temple. A peine son nom était connu, il rampait encore dans la poussière lorsque Milord d'Arlington l'en tira pour le pousser dans les affaires. Cet ingrat trahit et abandonna son bienfaiteur et son maître pour courir après les apparences d'une meilleure fortune; il voulut perdre Milord Arlington par des voies infames, j'en sais des particularités qui font horreur, il y aurait bien moins de honte sans doute de jeter un froc pour une jupe, quand même il serait vrai, que l'honneur engagerait dans ce genre de vie, aujourd'hui si digne de mépris, et n'est plus la marque, et le caractère de l'homme de bien, d'un honnète homme, et de mérite.[1]) Vous voyez bien, Milord, qu'on ne pourra point trouver votre réponse et celle du Marquis de Kamarthen, alors grand trésorier et premier ministre, qui a un si grand intérêt de me faire réparation. Sans cela toutes les considérations du monde, quelque puissantes qu'elles puissent être, ne m'empêcheront pas d'éclater et de découvrir des intrigues, à quoi tant de personnes du règne passé et de celui-ci ont eu part, et que toute l'Europe reconnaîtra être très pénibles, de sorte que bien des gens en Angleterre auront sujet de vouloir beaucoup de mal à Mons. Temple, de m'avoir donné prétexte de publier ce qui devrait être enseveli dans un silence éternel.

Il se peut, Milord, que Mons. Temple lui même ait eu ce dessein de m'obliger à dire des choses qu'il se doute bien qui susciteront des affaires dans le Parlement à des personnes de qui il désire la perte dans le fond de son coeur.

Je suis etc.

---

[1]) So in der Abschrift. Der Satz ist offenbar durch eine grössere Auslassung bis zur Sinnlosigkeit entstellt. Auch der folgende Satz ist in der Abschrift nicht recht klar und wahrscheinlich corrumpirt.

IV.

Du Cros und Eberhard von Danckelmann 1697.

1. Aus dem Gutachten der brandenburgischen Geheimräthe über Danckelmanns Amtsführung.
(Geh. Staats-Archiv zu Berlin).

a) Aus dem Gutachten Herrn von Stillers vom 1. Februar 1698.

„Was gewisse 1500 Dukaten betrifft, welche der Herzog von Mecklenburg-Schwerin dem v. Danckelmann praesentiren lassen, wovon ich von Anfang Wissenschaft gehabt, darüber bin ich zweiffelhafftig und weiss nicht was ich glauben soll, massen der von Danckelmann an mich ausdrücklich begehrt, dass ich mich am Schwerinschen Hof erkundigen sollte, ob du Cros solche auff dem praesentirten Wechsel-Zettel in Hamburg erhoben, dabei er versichert, dass er solches Geld nicht genossen, welches er auch nach seiner Entfernung aus Ew. Curf. Durchl. Diensten mittelst eines harten Eydschwurs wiederhohlet, hingegen du Cros in seinem abgelassenen Schreiben behaupten will, es habe der von Danckelmann solche 1500 Ducaten empfangen.“

b. Extract aus dem Gutachten Unverfärths vom 29. Jan. 1698:

Danckelmann habe durch du Cros 10000 Thlr. vom Herzog von Mecklenburg begehrt und wirklich 3000 Thlr. in Ducaten durch denselben empfangen.

c. Aus dem Gutachten Graf Dohnas vom 4. Febr. 1698:

Er habe gehört, dass Danckelmann in der mecklenburgischen Sache für sein Privatinteresse durch du Cros negociiret habe.

d. Aus dem Gutachten des Geheimrath Paul von Fuchs vom 30. Januar 1698:

„Er (Danckelmann) hat Leuten von schlechter Ehre und Reputation mehr Gehör und Credit gegeben als ehrlichen Leuten, ihnen auch die Secreta des Hauses anvertraut, wessen der du Cros ein lebendiges Exempel, der Ew. Curf. Durchl. Estat oder Secreta fast so gut kennet als ich und auch der Ursach halber zu menagiren ist.“

2. Aus den Danckelmann'schen Processacten.
(Ebendaselbst).

a. Aus dem Conferenzprotocoll mit dem von Danckelmann, Spandau, 22. Febr. 1698:

ad artic. 7^{mum} [1]):

Danckelmann: dieses wären generalia. Mann allegirte ihm darauf das Exempel von du Cros, dessen Character beschrieben ward.

---

[1]) Der Artikel lautet: viel frembden unqualificirten Leuten hätte er chargen in Churf. Diensten gegeben.

Danckelmann: Er würde antworten darauf, dass Se. Churf. Durchl. sich der
Sachen würde erinnern, hätte aus Noth ihn employiret, weil die Sachen mit Schweden durch dasjenige, so mit dem Grafen von Dohna und Violirung jurium legationis
vorgangen, so verfallen gewesen, dass man ohne den Degen zu ziehen nicht hätte
können auseinander kommen.

ad art. 17um [1])

Danckelmann: Er bezeuge vor Gott, dass er vom Herzog von Schwerin
nicht einen Heller gesehen, aber wohl, dass man ihm Wechsel aufdringen wollen,
so er nicht genommen.

Der Feldmarschall referirt, was vorgegangen und was du Cros wegen der
1500 Ducaten ausgesaget, item wegen der 7000 Thlr., welche Danckelmann noch
haben sollen u. s. w.

Danckelmann: du Cros löge es, hätte ihn betrogen, was er von frembden
genommen, hätte er allezeit seinem Herrn gesagt und es sei nicht sans discrétion
geschehen.

    c. Aus Danckelmanns „Vorbericht zur Vertheidigung wieder die
21 Beschuldigungspunkte." [2])

ad art. 7^mum (einfach geleugnet).

ad art. 17^mum:

    „Es hat Schwerinscher Hoff dem fürstlich holsteinschen Etats-Rath du Cros
unterschiedliche Commissiones dan und wan an Beklagten auffgetragen, gestalt
den auch unter anderem eine Entrevue zu Neustadt an der Dosse mit zwei von
den fürstl. Räthen durch denselben menagirt worden, wie auch aus vielen anderen
Umbständen Beklagter nicht anders muthmassen können, als dass man eine grosse
Confidence zu ihm hätte. Wie denn auch der Geheime Rath Taddel, alss er zu
Berlin war, dem Beklagten einen Wechsel von obbesagter Summe (1500 Ducaten)
zum Praesent zustellen lassen, der ihn aber nicht allein nicht annehmen wollen,
und durch den du Cros wieder zurückgesandt, sondern auch dem G. R. Taddel,
alss er noch selbigen Tages zu ihm kommen, über diese Offerte sehr expostulirt
und höchstens contestirt, dass er nicht das geringste präsent annehmen würde.

    Als nun S. Churf. Durchl. darauff — nemblich in dem Februar 1697 — nach
Preussen verreiset, hat sich obgedachter du Cros mit dem, was sich etwan von
wegen des Hertzogs von Holstein zu negotiiren und zu schliessen gewesen, zu
Stargard eingefunden und da er nach geschlossener Negotiation [3]) Beklagtem den
Wechsel wiederum präsentirt, mit vermelden, man wolle ihn zu Schwerin nicht

---

[1]) Dieser Artikel der Anklage bezieht sich auf die mecklenburgische Successionssache.
[2]) Die 21 Klageartikel sind, aber nicht aus den Processacten und daher auch nicht wörtlich,
mitgetheilt bei Ranke, Werke XXIV, 108 ff.
[3]) Vgl. die beiden Verträge zwischen Brandenburg und Holstein-Gottorp d. d. Stargard 8. März/
26. Febr. und 9. März/27. Febr. 1697 bei Mörner, Staatsverträge, zu den angeführten Daten.

wieder nehmen, Beklagter ihn auch durchaus nicht annehmen wollen, sagte derselbe endlich: wan sie ihn durchaus nicht haben wollten, so möchte er ihn selber behalten, gestalt dan Beklagter sich auch nicht anders einbilden können, alss dass da man sich seiner in so grosser Confidence gebraucht, es würde ihm auch der Schwerinsche Hoff diese Ergetzlichkeit gern gönnen." Später habe sich herausgestellt, dass man zu Schwerin der Ansicht gewesen, er, Danckelmann, habe das Geld bekommen; er habe darauf von du Cros Rückgabe des Geldes verlangt, dieser habe auch versprochen es zurückzuzahlen. Ob das geschehen sei, wisse er, Danckelmann, nicht; dass er nicht einen Pfennig erhalten habe, könne er aufs heiligste versichern.

d) **Extract aus dem Protocoll über das Verhör zu Peitz, Jan. 1702:**

Zwischen der ersten Präsentation des Wechsels und der zweiten (zu Stargard) seien „einige Wochen" vergangen.

Ueber die zweite Begegnung noch folgendes: Kurz vor der Abreise des Kurfürsten nach Preussen sei von Fuchs ein Project zur Schlichtung des holsteinisch-dänischen Streites gemacht, welches von beiden Seiten sehr approbirt worden, und es sei weitere Verhandlung darüber zu Pinneberg oder Altona verabredet. Weil nun du Cros in dieser Sache eine Zeit lang negociirt und sich auch für Genehmigung des Projects durch den Herzog verwandt habe, habe man für dienlich erachtet, dass der Herzog ihn zu den bevorstehenden Tractaten deputire, was auch geschehen sei. Als aber eine „benachbarte Puissance" [1]) von der Sache Kenntnis erhalten, die nicht gern gesehen habe, dass aus der Sache etwas werde, habe dieselbe es dahin gebracht, dass du Cros bei seinem Herrn, als gar zu sehr für Seine Königl. Majestät [2]) portirt, verdächtigt worden, und nachdem er sich dieser Commission wegen in grosse Unkosten gestürzt, sei er davon dispensirt worden. Das sei eben, als er zu Stargard war, geschehen. Nun habe er sich über seine Verluste, Schulden etc. sehr beklagt, offenbar um vom Kurfürsten einige Unterstützung zu erhalten. Da dieser aber kurz darauf verreisen wollte, habe er, Danckelmann, ihm den Wechsel geschenkt. Als du Cros bemerkt habe, ohne Quittung werde er in Hamburg nichts erhalten, habe er, Danckelmann, quittirt, von dem Gelde aber nichts bekommen.

3. Aus Berichten des hannöverschen Gesandten zu Berlin, v. Ilten.

(Staatsarchiv zu Hannover; gütigst mitgetheilt von Herrn Prof. J. G. Droysen).

Bericht vom 23. Nov./3. Dec. 1697:

Gestern sei der Oberkammerherr zu du Cros gekommen und habe ihm mitgetheilt, „wie S. Churf. Durchl. missfällig vernommen, dass er sich in Familien-

---

[1]) Wie sich aus den Berichten des brandenburgischen Residenten zu Stockholm, Winckler, ergiebt, ist Schweden gemeint, dessen Grosskanzler, Graf Oxenstjerna, als „Todfeind" du Cros' bezeichnet wird.

[2]) Zu verstehen ist, nach den oben erwähnten Berichten, Dänemark.

und andere Sachen, da er nichts mit zu thun, meslirte; er möchte sich dessen enthalten, oder man werde Mittel ergreifen müssen solches zu hindern." Du Cros sei darauf sehr bestürzt zu ihm gekommen; er habe ihm gesagt, die Conjuncturen seien jetzt sehr delicat, er möge sich in Acht nehmen u. s. w. „Ich trüge Bedenken anitzo zu sagen dass er von dem Kurprinzen (von Hannover) an den Oberpräsidenten (Danckelmann) accreditirt wäre, weil solches nun in die vierte Woche verschwiegen gehalten worden, und da man es erst itzo declariren wollte, bei des Oberpräsidenten Feinden grosses Nachdenken verursachen würde."

Vom 25./5. December 1697: Fuchs habe ihn (Ilten) wegen du Cros beruhigt, der könne bleiben, man werde ihm nichts thun, wenn er sich vorsehe. Er habe du Cros diese gute Nachricht gebracht; du Cros habe ihm in secreto mitgetheilt, dass er 6 Meilen weit verreisen werde, um mit dem Abbé Polignac und dem Bruder des Grafen Bielcke „in Sachen, die Ew. Churf. Durchl. (von Hannover) Interesse insonderheit beträfen" zu sprechen, er werde in 3—4 Tagen zurück sein.

4. Brandenburgische Cabinetsordre vom 13./23. Decbr. 1697.
(concipirt von Fuchs; Geh. Staatsarchiv zu Berlin).

Demnach S. Churf. Durchlaucht, unser gnädigster Herr, den eyfer, so der Schleswig-Holsteinische Geheimbte Rath Mons. du Cros zu beförderung dero dienste und Jnteresse bezeuget. in gnaden erwogen, alss haben sie gnädigst verordnet, dass demselben seine bisher gehabte pension ad Eintausend Thlr. jährlich biss zu fernerer gnädigster verordnung gezahlt werden sollen u. s. w.

Dat. Cölln a. Spree 13/23. Dec. 1697.

5. Extrait de la lettre de M. du Cros à M. de Bousch. Wolfenbutel le 18./19. Mars 1698.
(Bibliothek zu Hannover, geschrieben von Leibnitz) [1])

Mad. l'électrice de Brandebourg semble me vouloir pousser en toutes manières et vouloir donner cette satisfaction à Mad. de Bulau. La lettre que j'avais eu l'honneur d'écrire de Cleves a Mad. l'électrice de Bronswic en est le seul prétexte de l'aveu de Mad. l'électrice de Brandebourg et de Mad. Bulau aussi. Cependant, Monsieur, outre que cette lettre devrait avoir été oubliée après tant de services et à Mad. l'électrice de Brandebourg et à Mad. de Bulow depuis ce temps là j'ose dire que cette lettre a fait le bonheur dont Mad. l'électrice de Brandebourg jouit aujourd'hui Car ce fut par mes sollicitations que Mad. l'élec-

---

[1]) Ich theile nachfolgenden Brief mit, weil er über den Einfluss, den die Kurfürstin und die Damen ihres Hofes auf die Katastrophe Danckelmanns und seiner Freunde ausgeübt haben, keinen Zweifel lässt. Von grossem Interesse sind die Andeutungen du Cros' über die Wirkung seines aus Cleve an die Kurfürstin von Hannover gerichteten Briefes.

trice de Bronswic et feu Monsgn. l'électeur obligèrent Mad. l'électrice de Brandebourg de venir à Hanovre au devant de Monsgn. l'électeur où il se fit une
réconciliation qui depuis a toujours duré. Mais la plupart des princes ont peu
d'égard aux plaisirs qu'on leur fait, il arrive même presque toujours que le souvenir leur donne de l'aversion pour ceux qui les ont servis. Mad. l'électrice
de Bronswic sait mieux que personne les plaintes que Monsgn. l'électeur de Brandebourg lui a faites à elle même et à tant d'autres de la conduite de Madlle.
de Croseck,[1]) et je me souviens que Mad. l'électrice de Bronswic aurait bien voulu,
que cette personne qui a causé tant de désordres et d'intrigues n'eût point été
auprès de Mad. l'électrice sa fille.

Veut-on me contraindre M. de faire souvenir Monsgn. l'électeur de Brandebourg des raisons, qu'il disait qu'il avait de se plaindre de Mad. de Bulau et
de faire savoir à Son Altesse Electorale d'autres raisons qu'il n'a jamais sues?
si on ne veut pas me ménager je n'aurais aussi plus rien à ménager. Je suis etc.

Darunter, von Leibnitz an Busch, die Notiz:

Je remercie Votre Excellence, de la communication de la lettre de M.
du Cros. Ce qu'il y a, ne me paraît pas bon à dire et encore moins à écrire.
Et il me semble, qu'il n'a pas sujet de se servir de telles expressions.

V.

Du Cros als Mitglied der kaiserlichen Commission zu Hamburg 1708.

1. Aktenrelation über die Mishelligkeiten zwischen den ministris bei der Hamburger Commission.[2])

(Erstattet von dem braunschweig-wolfenbüttelschen Geheimen Rath. Archiv zu Wolfenbüttel).

Es ist mit denen zwischen denen Ministris bey dem hamburg. Commissions-
negotio sich ·enthaltenden Missverständnissen so weit kommen, dass die Haupt
Sache dadurch nicht wenig Nachtheil leidet, und nun schon einige Zeither die
Conferencen deshalber aufgeschoben worden; Wie man nun die Ursach solcher

---

[1]) Die Lesung des Namens ist nicht ganz sicher.

[2]) In der durch kaiserliches Decret vom 25. April 1708 eingesetzten Commission zur Schlichtung der zwischen Rath und Bürgerschaft zu Hamburg ausgebrochenen Irrungen sassen neben dem
kaiserlichen Commissar, Damian Hugo Grafen von Schönborn und subdelegirten Commissarien von
Schweden (für Bremen-Verden), Brandenburg, Hannover, als braunschweig-wolfenbüttelsche Bevollmäch-
tigte die Geheimräthe von Schleinitz und du Cros. Die zwischen ihnen eingetretenen Differenzen, welche
das obige Schriftstück behandelt, führten zuletzt zur Abberufung beider.

Misshelligkeit auf den hiesigen Ministrum den Geheimbten Rath du Cros schieben, auch, wie es fast das Ansehen gewinnet, Ihr Durchl. den bisherigen schlechten Success dieser affaire umb deswillen imputiren wollen, weilen dieselbe, wie von theils besagter Ministrorum und insonderheit von dem Kayserl. Gesandten, wiewoll ohne die geringste erhebliche Uhrsache, verlanget worden, besagten Dero Geheimbten Rath du Cros von der Commission nicht zurücknehmen und denselben avociren wollen; also ist zu Abwendung aller ohnverdienten blame nöthig gefunden worden, dagegen folgende Nachricht und den wahrhafften Verlauff der Sachen ex actis extrahiren zu lassen:

Es hatte das Crays-Directorium zu Verhütung der aus der Hamburg. Unruhe besorgten nachtheiligen Weiterungen die Entschliessung gefasset solchem Unwesen zu remediren, und wie man woll gesehen, dass solches absque ostensione armorum nicht auszuführen seyn würde, Ihr Königl. Mayt. von Preussen und des Herrn Churfürsten zu Hannover Durchl. requiriret, dass Sie dabey mit concurriren und einige Ihrer trouppes zu solcher behuef mit anrücken lassen mögten, wie denn auch solches bald darauf würklich geschehen und waren allerseits vorhin in einigen anderen Angelegenheiten zu Hamburg befindliche Ministri instruiret über dasjenige, was hiebey der Sachen Nohtdurfft erfordern mögte, zu communiciren, und sobald die trouppes vor der Stadt stehen würden, derselben nahmens des Crays-Directorii und der übrigen hiebey concurrirenden Puissances die Proposition zu thun.

Inzwischen langte der Hr. Graff von Schönborn alss von Ihr Kaiserl. Mayt. an den N. S. Crays accreditirter Abgesandter zu Wolffenbütel an und überlieferte nebst dem gewöhnlichen Creditiv ein besonderes Schreiben von Ihr Kayserl. Mayt., worin dieselbe Ihr Durchl. Einrath, wie der Hamburger Unruhe zu steuern und dass Sie sothane Ihre Meynung dem Hrn. Graffen von Schönborn eröfnen mögten, allergnädigst verlanget, Worauf dann auch dieselbe nicht ermangelt mit bemelten Hrn. Graffen durch dero Ministros hierüber communiciren zu lassen, und wie man soviel von demselben vernommen, dass wegen dieses negotii eine gewisse Kayserl. Commission unter Handen, sonst aber vorgedachter Hr. Abgesandter dasjenige, was bishero in der Sache geschehen, völlig approbiret, so liessen Ihr Durchl. an dero Ministrum zu Hamburg vorgemelten Geheimbten Rath du Cros davon nöthige Nachricht ertheilen, und da derselbe in der zu gleicher Zeit alhie eingelauffenen relation angeführet, wie es bey den dortigen Ministris wegen Concurrenz des Kayserl. Abgesandten dem Ansehen nach woll einige Difficultät geben mögte, demselben solches in Vertrauen communiciren, jetzgedachtem dero Ministro aber rescribiren, dahin zu sehen, dass sothane Schwürigkeiten mit guter Manier gehoben insonderheit aber alle Collisiones zwischen mehrbesagtem Kayserl. Abgesandten und dem Königl. Schwedischen Ministro verhütet werden mögten.

Es hat nun zwar derselbe auch darin sein möglichstes gethan, und obgleich sonst der Hr. Graff von Schönborn desselben in einem anhero abgelassenen Schreiben mit aller avantage erwehnet, so hat jedoch derselbe, ohnwissend ob Er dessen vor sich sattsamen Grund gehabt oder aber andere aus gewissen Nebenabsichten demselben dergleichen impression beygebracht, Ihn in den Verdacht gezogen, dass Er zu sehr an Schweden attachiret und die Schwedische desseins bey diesem negotio zu favorisiren suche. Wiewoll nun Ihr Durchl. darunter eines andern gnugsahm versichert gewesen, auch nachhin dass solche Muthmassung nicht fundiret sich sattsam zu Tage geleget; so haben dieselbe jedoch, umb auch den Hrn. Graffen von Schönborn dessen zu persuadiren und Ihm zu zeigen, wie es an Ihro nicht haffte, dass derselbe bey diesem negotio nicht satisfait, dero Geheimbten Rath von Schleinitz, umb sich mit demselhen darüber weiter zu êclairciren, abgeschicket, welcher dann auch ein project, welchergestalt die Concurrenz des Kayserl. Gesandten zu regliren, jedoch ohne vorhero hierüber eingehohlte Instruction, verfasset und nachdem man den Königl. Schwedischen Gesandten zur Beystimmung bewogen, ist ein gewisser recess darüber errichtet worden. Ob nun zwar Ihr Durchl. gefunden, dass darin denen juribus des Crays-Directorii gar nicht prospiciret, so dass auch desselben fast nicht eins erwehnet worden, so haben Sie jedoch solchen Recess, weilen darin ausdrücklich gedacht, dass der Inhalt per unanimia geschlossen worden, Ihres Orths nicht contradiciren wollten, sondern denselben, wiewoll mit der Bedingung, dass künfftig bey denen Propositionen und in andern Gelegenheiten die folgende formalia gebrauchet werden mögten alss: nahmens Ihr Kayserl Mayt., des Crays-Directorii und sämbtl. Kayserl. Commission, ratificiret. Alss Ihnen aber nachhin die Nachricht zukommen, dass dero 2ter Ministre der Geheimbter Rath du Cros sowenig alss der Königl. Preussische wegen des für das Crays-Directorium dabey wahrgenommenen praejudicii darin consentiret, sondern bis zu Einholung näherer Ordre die Sache auszustellen gebethen; so haben Sie demselben darunter umb so viel weniger abfallen können, weilen in dem zu gleicher Zeit eingelangten alhie aber damahlen noch nicht insinuirten Kayserl. Commissorio diese ausdrückliche formalia enthalten, dass dem Crays-Directorio nebst Ihr Königl. Maytt. von Preussen und Ihr Churfürstl. Durchl. von Hannover diese Commission dergestalt aufgetragen würde, dass Sie Ihre Räthe nach Hamburg fordersambst abordnen und durch dieselbe nebst dem Kaiserl. Abgesandten die Sache untersuchen lassen mögten. Dass also auch juxta tenorem des Kaiserl. Commissorii dem Hrn. Graffen von Schönborn nicht so viel authorität alss ihm durch den gedachten Recess eingeräumet, competiren können.

Es haben aber diese nach der von Ihr Durchl. einmahl geschehenen ratification unverfängliche, sonst aber sattsahm fundirte Sentiments Ihm dem Geheimbten Rath du Cros nicht geringen Hass insonderheit bey dem Kayserl. Ministro erworben, und ist solcher dadurch vermehret worden, dass alss bey einer gewissen Conferenz deliberiret worden, ob man den von Ihr Königl. Mayt. von Preussen bevollmächtigten 2ten Ministrum Hoffrath Burchardi zu admittiren, derselbe auf die zu wiederhohlten mahlen bey Ihm geschehene instanz sein votum schriftlich des Inhalts wie die Beylage sub no. 1¹) zeiget abgeleget, so dass auch der Hr. Graff von Schönborn sein Missvergnügen über desselben conduite Ihr Durchl. schriftlich zu erkennen gegeben, und ob Er zwar darin so deutlich wegen removirung des du Cros sich nicht expliciret, solches dennoch sonst genugsam declariret. Alss aber Ihr Durchl. die in den vorerwehnten beyden Materien von dero Geheimbten Raht du Cros geführte Sentiments nicht disapprobiren können, so haben dieselbe die remotion dieses dero Ministri, da solche zu seiner augenscheinlichen Beschimpffung und in Ansehung seines zu Hamburg établirten Hausswesens zu seinen grössesten Schaden und ruin gereichen würde, zu resolviren billig Bedencken getragen, sondern denselben über dasjenige, was man etwa wieder Ihn haben mögte, zur Verantwortung zu ziehen und dem Hrn. Graffen alle Satisfaction zu verschaffen sich erkläret, Worauf aber dergleichen Antwort wie die Beylage sub no. 2 ausweiset, von dem Hrn. Graffen von Schönborn eingelauffen, und alss Ihr Durchl. besage Beylage sub no. 3 eine nähere Erklärung hierüber verlanget, auch mehrgemelten du Cros zu seiner justification anhero beruffen, ist derselben das sub no. 4 copeylich angeschlossene Schreiben zu Handen kommen. Es haben nun Ihr Durchl. da in der That keine mehrere gravamina alss deren vorhin erwehnet worden, wieder mehrbemelten dero Geheimbten Rath ans Tages Licht gekommen, davon auch das eine bereits erlediget, wegen des 2ᵗᵉⁿ bey obengeführter Bewandnis für das rathsamste befunden die wegen der concurrenz und direction des Kaiserl. Ministri movirte quaestion und ob denen juribus des Directorii dadurch praejudiciret in suspenso zu lassen und sich deshalber gegen den Hrn. Graffen von Schönborn ferner so wie die Beylage sub no. 5 zeiget, erkläret, auch selbigem zufolge dero Geheimbten Rath du Cros mit gemessener Instruction auf Hamburg wieder abgefertiget; Soviel man aber vernimbt, soll solches bey demselben keinen ingress gefunden haben sondern derselbe sich sogar haben verlauten lassen, dass Er mit Ihm dem du Cros alss einem verlauffenen Mönche vor sein particulier alss ein geistlicher Ritter, geschweige mit Ihm in einer Kayserl. Commission zu concurriren Bedenken trüge, und dass er seine authorität noch höher als in dem Recess verabredet zu bringen woll befuget wäre.

Ob nun zwar beyde solche Vorgeben leicht zu wiederlegen, in betracht was das erste betr. der Geheimbte Rath du Cros länger alss 40 Jahre mit Römisch-katholischen und geistlichen Ministris an unterschiedlichen Orthen und noch letzt in Hamburg mit dem weyland Kayserl. Gesandten dem Graffen von Eck und nun auch in dieser Commission mit dem Hrn. Graffen von Schönborn selbst albereit an die 3 Monathe, ohne dass ihm die geringste Objection gemacht worden, in Con-

---

¹) Die Beilagen fehlen.

4*

ferenzen sich befunden; So lässet man doch, zumahlen man noch zur Zeit nicht weiss, ob es mit diesem Vorgeben ein Ernst sey oder nicht, solches dahin gestellet seyn, wiewoll man daraus, dass seitdem mehrgedachter Geheimbter Rath du Cros wieder in Hamburg gewesen, man keine Conferenz halteu wollen, auch sonst der Inhalt des besagten Recesses zeithero nicht zu ponctuel beobachtet worden, solches woll zu praesumiren Ursach hätte, Und hat durch obige Erzählung nur dieses zeigen wollen, dass gestalten Sachen nach Ihr Durchl. nicht zu verdencken, dass Sie nachdemahlen auf dero Geheimbten Rath du Cros noch zur Zeit nichts gebracht worden, so ihm dergleichen Ahndung und Straffe würdig machen könte, in das au Sie gebrachte Ansinneu wegen desselbeu remotion nicht condescendiren wollen, folglich auch Ihro nicht imputiret werden könne, dass Sie dadurch den sonst von der Commission gehofften Success gehindert habe.

2. Denkschrift du Cros' au Herzog Anton Ulrich von Braunschweig-Wolfenbüttel. Braunschweig 14. Decbr. 1708.

(Archiv zu Wolfenbüttel; eigenhändig unterzeichnet).

Un Ministre de S. M. Imp., d'un rang trés distingué, m'ayant fait l'honneur de m'écrire une lettre que j'ai communiquée à S. A. S , a bien voulu m'avertir, qu'on a à la Cour Impériale de très méchantes impressions de moi, comme si dans mes emplois j'avais agi de sorte, que la Cour Impériale a sujet de m'en témoigner son ressentiment.

Cela m'oblige de supplier très humblement S. A. S. d'agréer que pour ma justification je lui présente ce mémoire; et qu'il plaise à S. A. S. de le faire communiquer à Vienne, afinque S. M. I. désabusée de ces fausses impressions, me fasse la justice de demeurer persuadée de mon innocence.

Si par ces sinistres impressions qu'on a données de moi à la Cour Imp. on entend parler de quelque intelligence criminelle contre l'Empereur et contre l'Empire, rien n'est si faux, ni même si éloigné de toute apparence de vérité; car depuis plus de quarante ans que je suis employé dans les affaires publiques, non seulement je n'ai eu jamais de mon chef aucune correspondance avec des ennemis de la Cour Imp. et de l'Empire; je n'ai pas même eu de commissions, où j'aie été obligé d'agir et de négotier contre l'Empire ou contre la Cour Imp.

Je puis hardiment traiter de calomniateurs ceux qui m'imputent le contraire; ils devraient en produire les preuves; mais comment le prouveraient-ils? puisque même je n'ai jamais donné lieu de le soupçonner.

J'ai eu l'honneur dans une très humble supplication à S. A. S. de lui dire que quoique je ne sois point sujet de l'Empereur, ni de l'Empire, je veux bien être puni du supplice des traitres à·la patrie, s'il se trouvera que je sois coupable de quelque intelligence criminelle.

Il aurait été à souhaiter et il le serait encore, que tous les sujets de l'Empire et de S. M. Imp. fussent aussi nets de ce côté-là, que je l'ai été toujours. Et j'en connais de qui on n'ignore point les menées et les desseins qu'ils ont eus contre l'Empire et contre l'Empereur, et de qui cependant on dissimule non seulement la conduite, mai qui se promettent des grâces de la Cour Imp., pendant que tout innocent que je suis, je souffre une grande persécution.

L'amnistie accordée par les paix de Nimegue et de Ryswick doit faire oublier tout ce qui s'est passé dans les guerres qui les ont précedées. On ne pourrait plus m'imputer comme une intelligence criminelle, les correspondances que j'aurais eues, où les négotiations que j'aurais faites en faveur de la France avant ce temps-là.

Je veux bien pourtant me soumettre à être puni comme traitre, s'il se trouvera que même avant les paix de Nimegue et de Ryswick, ou depuis j'aie jamais agi contre la Cour Imp. et contre l'Empire.

Avant la paix de Nimegue et pendant la guerre qui la précéda, j'ai eu l'honneur d'être employé par le feu Roi d'Angleterre Charles second; et ensuite, par le feu Duc de Gottorp Christian Albrecht.

Dans les commissions que me donna le Roi d'Angleterre, mes négotiations ne concernaient point l'Empire; si non dans les ordres que j'eus de faciliter auprès des Rois de Suède et de Danemarc, le Congrès de Nimegue. Et en cela et pendant le traité de Nimegue, auquel plusieurs conjonctures me donnèrent beaucoup de part, je n'ai rien fait, qui ne mérite plutôt des louanges que des reproches de la part de la Cour Imp.

A la vérité, par un traité que je fis avec le Roi d'Angleterre, je rompis les mesures qu'on prenait pour continuer la guerre contre la France; mais est-ce un crime que d'avoir travaillé à la paix generale? et d'avoir par là procuré le rétablissement de mon maître dans ses Etats; Lui qui n'était point ennemi de l'Empire et qui même avait alors l'honneur d'être protégé particulièrement par S. M. Imp.

Tout ce que Mr. Temple a dit de mon dévouement à la France pendant que j'étais employé en Angleterre, c'est une pure médisance. Il est si vrai que la plupart des choses que je traitais à Londres, étaient si fort contre le gré de la France, que même les Ministres de France en firent des plaintes à mon maître; surtout lorsque je tentai une paix particulière entre la Suède et le Danemarc par la médiation du Roi d'Angleterre.

A la conclusion même de la paix de Nimegue, où la France trouva de si grands avantages, elle en aurait trouvé peut-être de beaucoup plus grands, si je n'avais fait que le Roi d'Angleterre avant la conclusion de la paix tira parole de la France pour la restitution des places que la France occupait en Flandre sur l'Espagne. On voit dans les mémoires de la paix de Nimegue que ce fut ma négotiation.

Depuis la paix de Nimegue j'ai été toujours employé, ou dans le Nord, ou dans l'Empire.

J'étais envoyé en Suède lorsque le comte d'Altheim ministre de l'Empereur y conclut le traité, qui établit alors une si bonne intelligence entre la Cour Imp. et la Couronne de Suède; j'eus beaucoup de part à cette négotiation. Les articles de ce traité qui regardent la Cour de Gottorp en font foi.

Je vis à Stockholm conclure le traité avec la Hollande; j'y vis prendre d'autres engagements fort désagréables à la France. Tout le monde sait que par la considération qu'avait le Roi de Suède pour la Cour de Gottorp et par mes habitudes particulières, j'avais beaucoup d'accès auprès du Roi et des ministres. On ne saurait pourtant dire que je m'en sois jamais prévalu en faveur de la France.

De même, lorsqu'on m'a employé en Danemarc, peut-on dire que jamais je m'y sois intéressé pour la France? non pas même dans le temps que cette Couronne et le Danemarc avaient une étroite alliance.

Puis, en Allemagne, lorsque le hazard et les conjonctures ont fait, que tantôt la Cour de Berlin, tantôt la Cour de Hanovre, tantôt celle de Gottorp, et quelque fois ces trois Cours en même temps m'ont employé; a-t-on jamais vu ni oui dire, que j'aie rien traité pour la France ou contre les intérêts de S. M. Imp. et de l'Empire?

La Cour de Gottorp m'a employé aux Cours de Dresde et de Berlin et aux Cours de Brunswic et de Lunebourg. En toutes ces Cours comme au traité de Pinnenberg, où j'étais Plénipotentiaire, il ne s'agissait que de différends entre le Roi de Danemarc et la Cour de Gottorp; et même alors il n'y avait point de puissance aussi peu favorable à la Cour de Gottorp, que la France.

Quelques années auparavant la Cour de Berlin et celle de Hanovre me chargèrent de plusieurs commissions, où j'eus l'occasion et bonheur de rendre de grands services à l'Empire et à S. M. Imp.

Employé à Hanovre par la Cour de Berlin, je détachai la Cour de Hanovre des intérêts de la France et du dessein de former un tiers parti dans l'Empire. Et je fis, en exécutant les ordres du Roi de Prusse, que la Cour de Hanovre se déclara pour les alliés, qu'on le demande à Mr. le Baron de Danquelmann alors premier ministre à Berlin, et qu'on le demande à la Cour de Hanovre aussi, où il y a encore dans le conseil des ministres qui ne peuvent me refuser ce témoignage.

J'eus ordre de la Cour de Berlin d'observer les secrètes négotiations à Dresde de Mr. d'Astfeld, ministre de France, et de tâcher de rompre les mesures qu'il y prenait par les intelligences de la France avec Mr. le Baron de Schöning; j'y réussis avec succès. On en fut en France fort irrité contre moi; et quelque temps après, Mr. de Schöning ayant été arrêté à Töplitz, on s'en prit à moi en France comme si j'y avais eu part; et feu S. A. E. de Saxe, frère du Roi de

Pologne, en marqua contre moi uni si grande indignation, que j'en fus en danger; on le sait à Dresde, à Berlin et à Hanovre. Je n'avais pourtant eu d'autre part à ce qui arriva à Mr. de Schöning, si non que je trouvais le moyen de découvrir les pratiques qu'il faisait en faveur de la France et de les rompre.

Généralement en tout ce que j'ai exécuté par ordre de la Cour de Berlin, comme je n'en ai jamais eu des ordres en quoi il ait fallu agir contre le bien public de l'Empire ou contre le service de S. M. Imp., on ne saurait aussi me reprocher de l'avoir fait.

Les ministres de S. M. Imp., qui m'ont vu à Berlin et que j'ai eu l'honneur d'y connaître fort particulièrement, ont-ils jamais oui dire, que j'y fusse un émissaire de la France; ni que même en temps de paix je m'y sois employé jamais pour les intérêts de cette Couronne? Cela aurait été incompatible avec la confiance dont alors on m'honorait si particulièrement à la Cour de Berlin.

Employé dans le même temps par la Cour de Hanovre en celle de Berlin pour le neuvième Electorat, en quoi j'ai servi avec tout le zèle imaginable, j'eus ordre de la Cour de Hanovre d'engager la Cour de Berlin à l'admission de la Couronne de Bohème. Je fus envoyé de Hanovre à Berlin exprès. J'eus le bonheur d'y réussir. Et je puis dire que jamais dans mes négotiations je n'ai senti plus de plaisir que j'en eus alors, d'avoir pu rendre ce service à la Cour Imp.

J'étais de la sorte employé depuis plusieurs années, tantôt par l'un et tantôt par l'autre de ces Princes, sans autre attachement plus particulier au service des uns ni des autres, lorsque S. A. S. monseigneur le Duc de Wolfenbutel, aujourd'hui mon Sérénissime Maître, me fit l'honneur de me recevoir dans son service.

S. A. S. sait quelle a été ma conduite depuis que j'y suis, et que comme jamais S. A. S. ne m'a donné des ordres opposés aux intérêts de S. M. Imp. et de l'Empire, je n'ai aussi rien entrepris ni traité au préjudice de l'Empire et de S. M. Imp.

C'est de quoi S. A. S. a bien voulu me faire la justice de rendre témoignage à S. M. Imp. dans une lettre de S. A. S. du 24 de Septembre dernier.

Je puis même dire bien plus. S. A. S. sait mieux que personne combien on est mal satisfait de moi à la Cour de France, et S. A. S. peut se souvenir de ce que les ministres de France lui ont témoigné sur cela.

Ce ne sont donc que de très injustes et très fausses impressions, celles qu'on a données depuis longues années et tout nouvellement à Vienne contre moi; comme si je me laissais employer, ou si je faisais des intrigues, ou que je l'eusse fait autrefois, au préjudice de S. M. Imp. et de l'Empire. Mes plus grands ennemis n'oseraient me le soutenir, et je défie toute la terre de m'en convaincre. Il ne suffit pas de m'en accuser. C'est une calomnie de le dire, quand on n'en a aucune preuve, ni même des conjectures.

Est ce parceque je suis Français de naissance qu'on me soupçonne? mais j'ai un grand Prince de l'Empire pour maître, et il faut avoir cette opinion d'un honnête homme, que de quelque nation qu'il soit, il préfère à toute autre considération la fidélité qu'il doit à son maître. S. M. Imp. elle même se sert de Français et confie même le commandement de ses armées à des Français. L'Angleterre, la Hollande, l'Allemagne sont remplies aujourd'hui de Français. Plusieurs d'entre eux sont employés, non seulement dans les charges de la guerre, mais aussi dans le maniement des affaires publiques.

J'ai eu des amis illustres qu'on a cru affectionnés à la France. De là on a jugé, mais fort légèrement et tres injustement, que j'étais dévoué à la France.

Mais j'ai eu aussi pour amis de très célèbres ministres dévoués à S. M. Imp. et à l'Empire, qui m'ont confié sans aucun soupçon des affaires très importantes. Les personnes raisonnables croiront aisément que ces ministres étaient bien surs de ma fidélité.

Il faut être bien malin, quand on regarde un homme par l'endroit seulement qui pourrait donner quelque léger soupçon, et quand on ne veut pas le regarder par des endroits et par une conduite, qui le justifient pleinement.

Je n'ignore point aussi, que cet attachement si passionné et si fidèle que j'ai fait paraître en toutes rencontres pour les intérêts et pour la dignité de S. A. S. mon maître, m'a attiré de fort puissants ennemis. Il y paraît présentement plus que jamais. Mais ces ennemis seraient bien injustes de s'en prendre à moi.

L'attachement qu'on sait que j'ai à la Cour de Gottorp, et le zèle avec lequel je me suis intéressé toujours pour cette Sér. Maison, m'a causé aussi de grandes inimitiés. Si on veut à Vienne se souvenir, qui sont ceux qui m'ont si fort noirci, on trouvera que ces impressions viennent de là seulement, et que dans le fond des rapports qu'on a faits de moi à S. M. Imp. et à ses ministres, ce n'est que malice et qu'un trés injuste ressentiment.

Que n'a-t-on point dit contre moi au sujet du séquestre du comté de Rantzau? Ai-je cependant fait autre chose en cette affaire qu'exécuter les ordres de S. A. S. mon maître et du Directoire? J'ai eu sur cela des instructions et des ordres: qui marquent les grands égards que S. A. S. a pour S. M. Imp., beaucoup de considération pour le Roi de Danemarc, beaucoup de bienveillance même pour le Comte de Rantzau. Il a été lui même la cause du séquestre, et sa conduite a été l'unique obstacle à son rétablissement.

Ces ordres et ces instructions où il parait tant de respect pour l'Empereur, tant d'egard pour le Roi de Danemarc et tant de bonté pour le Comte de Rantzau: c'est sur mes très humbles relations et sur mes conseils, que ces instructions et ces ordres m'ont été donnés. On pourrait voir là dessus mes dépêches.

Avec tout cela, si on veut en croire mes ennemis, ou plutôt les ennemis de la Cour de Gottorp, qui est plus que moi l'objet de leur haine; c'est moi, ont-ils dit à Vienne, qui suis la principale cause, que le Comte de Rantzau a été dépouillé de son comté; c'est moi, ont-ils ajouté, qui ai empêché que les mandements de S. M. Imp. pour le rétablissement du Comte de Rantzau n'aient été exécutés; et par un trait de la plus indigne malignité ces gens-là ont voulu faire entendre, que par ce séquestre j'ai cherché à faire naître une guerre et une diversion dans le Cercle, en faveur de la France.

En l'affaire de Hambourg j'ai été encore plus maltraité et avec une injustice qui n'est pas moindre. A peine M. le Comte de Schönborn fut-il arrivé, qu'on lui donna de grands soupçons des desseins du Roi de Suède et de la Cour de Gottorp dans cette expédition de Hambourg. On dit à M. le Comte de Schönborn que je connivais à ces pernicieux desseins, et que je les secondais; que pour cet effet j'avais laissé les troupes de S. A. S. mon maître à la disposition de M. le Comte de Guldenstiern, gouverneur de Breme et général des troupes du Cercle.

Ce ministre de l'Empereur, ne pouvant d'abord pénétrer la fausseté et la malice de ces rapports, écrivit à S. A. S. mon Maître pour se plaindre de moi; et concevant de moi beaucoup de défiance il souhaita mon éloignement de cette commission.

Ensuite, par ordre exprès de S. A. S. mon maître, je fis ce qui pouvait dépendre de moi, pour maintenir dans cette commission l'observance du Cercle et les droits du Directoire.

Puis, je donnai mon suffrage pour l'admission du second ministre de Prusse dans les conférences, où on faisait difficulté de l'admettre d'abord. En cela, je crus qu'il y allait des droits des Etats de l'Empire.

Toutes ces choses déplurent fort à M. le Comte de Schönborn. On l'anima si fort contre moi, qu'enfin persuadé que ma conduite était en tout opposée aux droits et à l'autorité de S. M. Imp., il donna à la Cour Imperiale ces impressions, et toutes les autres dont mes ennemis, et pour le dire plus véritablement, dont les ennemis de S. A. S. mon maître et de la cour de Gottorp, ont tâché de me noircir.

J'ai eu ce malheur que la Cour Impériale prévenue déjà contre moi, surtout à cause du séquestre du comté de Rantzau, a ajouté foi plus facilement à tout ce qu'on y a écrit contre moi encore au sujet de la commission de Hambourg. Mais, je dois me promettre de la justice de S. M. Imp. que S. M. Imp. voudra bien se désabuser après le témoignage qu'il a plu à S. A. S. mon maître de lui rendre de ma conduite.

Je ne crains point de me soumettre à la plus rigoureuse inquisition, et comme je l'ai dit, je me soumets à être puni du supplice des traitres à la patrie, s'il se trouvera, que jamais j'aie eu des intelligences criminelles contre S. M. Imp. et contre l'Empire; ou s'il se trouvera, que dans mes négotiations, ou autrement j'ai agi jamais contre l'Empire et contre la Cour Imp.; ce que pourtant j'aurais bien pu faire sans en craindre des reproches, lorsque j'ai été employé par des Princes que ne relèvent pas de l'Empire.

Je sais bien aussi qu'on a voulu me rendre odieux à la Cour Imp , faisant entendre que depuis fort long temps j'ai embrassé la religion protestante. Mais je ne saurais croire, que cette considération puisse attirer à qui que ce soit l'indignation de S. M. Imp. On doit au contraire se promettre de sa bonne foi et de son équité la sureté que donne la paix de la religion, et toute protection pour les libertés de la religion dans l'Empire.

à Brunswic, le 14. de Décembre 1708.

du Cros.

Druck von M. Driesner, Berlin, Klosterstr. 72.